KB125884

카뮈에게

카뮈에게

이명수 시집

시로여는세상

시인의 말

어둠 체험에 참여한 적이 있다
어둠의 어둠에서 나를 이끄는 알 수 없는
빛의 문을 보았다
어둠과 밝음, 필연과 우연이 상극이 아닌
상생의 인드라망 속에 있다
그 연기緣起의 경로徑路에 서서
한동안 외롭게 바라보리라

언어가 어둠상자를 열고
더 어두운 곳으로
들
어
간
다

눈꽃이 시린 겨울 아침
이명수

목차

1부

2부

3부

4부

사진_어둠 시리즈, "어둠상자" 이명수

1부

나는 놀고 있다

오랜만에 만난 친구가
요즘 뭐 하시나 묻길래

그냥 놀고 있지 뭐,

티라노사우루스와 놀고
구름표범과 놀고
무지개산과 놀고
베두인과 놀고

그래, 오늘 잘 놀았다

부지런히 노는 것도 공부다

잘 노는 것이 하느님이다

열린 문틈 사이로 하느님이 보인다

어제를 두리번거리다

꽃구경 내일 가자
한밤 자고 나면
꽃망울 터질 거야

손자는 반나절 낮잠 자고 나서
할아버지,
오늘이 내일이야

그래, 내일이 오늘이 됐네

할아버지,
그럼 어제는 어디 갔어

나도 어제가 갑자기 어디로 갔는지 몰라
두리번거렸다

썩은 부처

아랫니 네 개를 한꺼번에 뽑았다
밥상머리 어린 손자가 밥투정이다

미세먼지 봄꽃처럼 흐리게 피어오른 날
입을 다물고 꽃그늘 속을 걷는다
봄에게 들키지 않기 위해

어린 손자가 할아버지 이~ 해 보란다
왜 이가 빠졌어요,
왜, 왜,
왜 봄꽃들은 속절없이 지고 있는가

할아버지는 너만 할 때 반찬 골고루 먹지 않고
엄마 말 안 들어서 이가 썩었어
옆에서 식구들이 한마디씩 거든다

손자는 할아버지 이빨 얘기만 나오면
이제 두말없이 밥을 잘도 먹는다
할아버지가 되지 않기 위해서

그래, 내 썩은 이가 네 부처다

새벽 건너기 연습

아직은 오늘이다 오늘을 다 써버린 시간의 방엔 삼순이와 아내와 내가 누워있다 삼순이가 내 발치에서 꼼지락대다가 내 침대와 아내의 침대를 넘나드는 사이 온전한 내일이 오늘이 됐다 누군가 던진 공이 새벽으로 굴러와 새벽의 말이 된다 나는 자꾸만 깊은 의문부호 속으로 빨려 들어가 검은 방에서 또 다른 의미의 공을 만든다

귀에 이어폰을 꽂는다 트랜지스터 다이얼을 돌려 떠다니는 주파수를 잡는다 지지직거리는 낱말들이 시간의 톱니에 갈려 먼지가 된다 2시와 3시 사이, 라디오 디톡스에선 소설가 박영옥이 젊은 시인을 초대해 알쏭달쏭한 시 인생을 나눠 갖는다 과거는 왜 항상 부끄러운가?/ 미래는 왜 항상 불투명한가?* 나는 그 물음에 답할 수가 없다 나의 부끄러운 과거와 불투명한 미래를 모호한 낱말로 두리뭉실 감싸 '놀라운 것들의 방'에 공기처럼 가둬 놓는다

중력을 잃은 사물들이 어둠을 두드린다 사물들은 나무처럼 성장하며 어둠 속 방을 채운다 3시의 경계를 넘으면 또 다른 주파수가 '세월 따라 노래 따라'에 멈춘다 왜 또 부끄러운 나의 과거 한순간을 주파수가 잡아내는가 시간의 주파수가 4시 경계쯤에 멈추면 책 읽어주는 남자가 나와 곡절 많은 사연 들을 읊어대고 나는 내 인생

의 비밀들을 어느 방에 숨겨 둘까 아주 가난한 사람처럼 걱정한다

　귀에서 이어폰을 뽑아내면 애국가 4절이 끝난다 새벽의 신이 귓
속말로 타이른다 사는 일 슬퍼하지 않기, 헤어지는 일 증오하지 않
기, 배신당한 일 분노하지 않기, 어제 버스에서 마주친 여자를 생각
하지 않기, 불꽃바우어새가 색색의 말을 물고 새벽을 건너온다 어
제의 낱말, 어제의 마음을 챙겨놓고 색색의 암호를 공중에 칠하기
위해 투명한 붓을 들고

*오은의 시 「분더캄머」 중에서

허리 굽히지 마라

비굴하게 허리 굽혀
애걸한 적이 있었던가
딴사람 얼굴로
굽실거린 적이 있었던가

아니다, 아니다

퇴행성 척추관협착증이란다
허리를 굽히면 신경이 눌려
통증이 더 심해진단다

의사 선생님, 이 나이에
허리 굽힐 일 있겠습니까,

허리를 한껏 뒤로 젖히고 걷는다
하늘 보고 낮달 따라 걷는다
그래, 좀 거들먹거려도
큰 흉이야 되겠나

한눈팔다 무언가에 걸려

꽈당, 넘어졌다
세상의 중심축이 조금 바뀐다

누군가 뒤에서 키득거린다
뒤돌아보니 돌이다

그래, 누구나 반듯한 허리는 하나씩 가지고 있다
그걸 구부리면 안 되지

초상화

그림 공부를 하는 딸이 숙제로
내 초상을 그렸다
그럴듯하다
어린 손자가 가까운 손으로 '할아버지' 하며
눈, 코. 입을 어루만진다

그러나 곰곰 뜯어보면 어딘가 불편하다
내가 타인처럼 낯설고 어색하다
마침 창밖의 세계는 빗방울이 굵어진다

딸은 아직 미완이라며
조만간 마무리하겠다고 하나
떨떠름한 눈빛과
그로테스크한 표정은 어쩔 수가 없다
숨길 수 없는 숨은 神이 몸속 어딘가 숨어 있다

내 초상은 未生이다, 숙제다
살아 있는 동안 내 인생이 未完이기 때문이다
나는 평생을 걸려 그것을 끄집어내야 한다
그것이 정말 나인 듯
꺼내 놓고 들어가야 한다

12초 동안

몇 줄 글을 읽고 있는 12초 동안
사람 40명과 개미 7억 마리가
지구에서 태어나고

내가 한 줄 시에 매달려 있는 12초 동안
30명의 사람과 5억 마리의 개미가
지구에서 사라진다

부화장 컨베이어벨트에서 걸러지고
가스실에서 질식한 다음
자동절단기 속으로 떨어지는 12초 동안

개미와 병아리와 몇몇 글이
다음 컨베이어벨트에서 돌아가고 있는 12초
지구 한 모퉁이에서 한 줄 시가
잠깐 스쳐 지나간다

개미와 병아리와 사람이
살고 있는 곳에서
아무것도 없는 것에 대하여
썼다 지운다

흔한 것

네 살 난 손자에게
너는 커서 무엇이 되고 싶어,
병 고쳐 주는 의사 선생님이 되고 싶어,

손자의 대답
나는 그냥 사람이 될 거야

아이들이 방방 뛰는 놀이방 간 사이
생각 없이 하늘 보고 누웠다가
아이들이 제집으로 돌아간 뒤
그냥 누웠다가
새나 될까 생각하다가

사람들이 빗소리에 잠든 밤
사람이 된다는 것에 대해
생각생각 하다가

목숨은 귀한 것이라 생각하다가

사람, 사람,

호모 사피엔스, 사피엔스

별만큼 흔하구나

할 수 있는

아침저녁 개밥 주는 일
수시로 개똥 치우는 일
나이 든 삼순이 눈곱 떼어주는 일
때론 눈가의 눈물 닦아주는 일
하루 한 번 개 산책시키고
일주일에 한 번 개 목욕시키는 일

내가 하는 일

누군가에게 밥을 주는 일
누군가의 대소변을 받아주는 일
누군가의 눈물 닦아주는 일
누군가를 목욕시키는 일
누군가를 부축하여 산책시키는 일

내가 할 수 있는 일

내가 본능적일 때
내가 동물임을 잊고 살 때
내가 비이성적일 때

내가 인간임을 잊고 있을 때

나는 비로소
내가 할 수 있는 일이 있다
구름과 별과 밤과 바람을 만드는 일
그리고 인간이 되어가는 일

개를 씻기고 나서
꼭 개가 되지 않는 일

나를 불러내다

참 기이한 일이다
테니스 라켓을 놓은 지 30년이 넘었는데,
공이 따라다닌다

내 몸속에는 비밀스런 방이 하나 있다
그 방은 나를 몸 밖으로 끌어내어
어디론가 데리고 다닌다

　겨우내 테니스 경기 중계에 몰두해 하루 해를 살았다 젊은 날 테
니스 코트에서 뛰었던 기억의 방으로 들어가 US오픈, 윔블던, 데이
비스컵, 호주오픈 경기장으로 나를 불러낸다 2018년 1월 정현 선수
의 호주오픈 16강, 8강, 4강 경기에 몰입해 있을 때 오른쪽 팔꿈치
에 통증이 찾아왔다 정현 선수가 세계 1위를 누렸던 조코비치 선수
를 물리칠 때 가상의 통증은 정점을 찍었다 그러나 4강에서 정현
선수가 발바닥 부상으로 기권했을 때 통증은 거짓말처럼 사라졌다
테니스엘보 증상이었다

　상상 임신, 상상 암이 있다는데 그렇다면
이 테니스엘보 증상은 상상통증일까
아니다, 부름의 선율이 나를 가상현실로 끌어낸 것이다

너의 통증을 상상할 때 나는 아프다
기억의 방에서 내 몸을 불러내어
헤어날 수 없는 통증에 빠져 있을 때
나 보다 더 먼 곳에서 아픈 나여!

가혹한 사진

필카에서 디카까지 참 멀리도 왔다
사진은 시간의 모래 폭풍을 몰고 와
석회암 협곡에 모래알처럼 쌓였다
흐린 눈으로 가뭇가뭇 더듬어
남겨 둘 사람과 버릴 사람을
갈라놓는 일은 가혹하다

바오밥나무 옆 흰 개미탑으로 서 있는
저 사람은 이름을 잊었다
버린다
바닷가 깃발 앞에 머플러 펄럭이며
내 팔을 감싸 안은 여인은
독일 간호원으로 갔으니 잘 살겠지
잔지바르 노예시장 기념탑처럼 서 있는
이 여인은 수녀가 되었으니 모셔 두자

버릴 때는 형체를 못 알아보게 찢는 게 예의
얼굴은 세로로, 목은 가로로, 몸은 횡경막을 중심으로 가른 후
마대 자루에 차곡차곡 넣어
26억 년 산화한 붉은 지층 아래 묻자

벙글벙글 글레인지 원주민이
돌에 그린 무지개뱀이 되겠지
아니면 남태평양 파푸아뉴기니아 바닷속
물결무늬 화석으로 잠겨 있겠지

그때 나는 목에 무선송신기를 단 늙은 수사자처럼
절룩이며 사막을 건너겠지
사막이 되겠지

위험하다, 책

밤마다 나를 덮치는 책으로
뗏목을 엮어 지중해로 떠나는 꿈을 꾼다

읽지 않는 책은 재앙이다
읽지 않고 읽은 척하는 나를 향해 누군가 계란을 던질 것이다

날 잡아 책을 버리기로 했다
쌓이는 문예지와 시집들을 골라 8할은 버렸다
정성껏 서명한 이름도
미안하지만 떼어내 화장을 해야겠지

등 굽은 할머니가 리어커를 끌고 와
대여섯 순번을 실어 나른다
오늘은 횡재란다
내가 할머니의 횡재가 된 날

내 시집도 저렇게 실려 나가고 있겠지
언젠간 나도 용도 폐기되어
붉은 사막의 모래 물결 하나로 새겨지겠지

꼬리뼈의 감동

좋은 시를 읽을 때
좋은 여자를 만날 때
꼬리뼈에서 뒷목까지 뜨거운 짐승이 올라와
정수리로 치솟는 것을 느꼈다

꼬리뼈의 오감五感 계측기가 불기둥 같은 것을 읽어 낸 것이다

어느 날 MRI를 찍었더니 3번에서 4번, 4번에서 5번 사이가 좁아
져 있단다 졸지에 시술이란 걸 받았다 꼬리뼈에 주사바늘을 넣어
사이를 넓혔다고 한다
한주가 지나고 또 한 달이 지나도 다리가 저리다 뜨거운 불기둥
은 사라지고 찌릿찌릿 전기가 꼬리뼈 아래로 퍼져간다

오관五官 센서가 고장 난 것일까 세상이 고장 난 것일까

좋은 시를 읽어도
좋은 여자를 목도目睹해도
가슴만 저리다
찌릿찌릿 가슴 저림이
짐승의 비애처럼 온몸에 퍼진다
꼬리가 사라진 쪽으로

2부

行萬里路

나를 넘어 나를 만날 수 있을까
동기창董其昌*이 타이른다
살아있는 너를 만나려면
만 리를 여행하라

서역西域 만 리 미얀마에 떠 있다
광활한 버강 들녘 달빛 사이로
정체불명의 비행물체 하나 내려앉는다
수천 불탑과 황금 사원이
걸어온다
맨발의 아난다阿難陀가 걸어온다

어디에도 나는 없다
나라고 할 만한 것이 없다
등굽은 노승의 나직한 독경 소리만
잠든 이라와디 강을 쓰다듬는다

내 몸 안에서 나를 기다리는
맨발의 아난다여

만리를 걸어서 내게 다시 왔다

*명나라 말기 문인화가

카뮈에게

카뮈는 나에게 여행을 가치 있게 만드는 것은 두려움이라고 했다 하나, 카뮈는 멀리 여행한 적이 없다 차를 타는 것에 병적인 불안, 공포가 그를 차로 실어 날랐기 때문이다

그런 그가 자동차 사고로 죽었다

이스탄불 블루모스크 광탑光塔을 올려다보며 신심이 깊으면 천국에 갈 수 있을까를 생각하고 있을 때 뒤에서 폭탄테러가 일어났다

때로는 위험한 곳이 안전하다
폭탄이 떨어진 자리가 더 안전하지 않은가
카뮈여, 닥쳐올 위험에 대한 두려움보다
두려움 뒤에 무엇이 올까를 걱정하자

카뮈여, 안전한 것은 얼마나 먼가
그러나 여기까지 오는 동안 나를 지나게 해 준 길에 대해 감사하자
별들이 내 앞길을 비춘다 어둠의 밀도가 깊어질수록
별은 더 빛난다

삶의 의미보다 삶을 더 사랑하듯

나는 여행의 위치보다 여행을 더 사랑한다
어느 계절을 두려움 없이 사랑하듯

카뮈여
두려운 것은 여행보다 먼 곳에 있다

론다*는 절벽을 낳고

론다를 보러 갔다
협곡 사이 절벽에는 두 개의 방이 있다
수상한 나무 두 그루 서로의 절벽을
움켜잡고
긴팔원숭이가 이쪽저쪽을 넘나들고 있다

절벽감옥이라 했다
어느 고독한 혁명가의 집이었는지
절벽 계단을 타고 100미터를 내려갔다
감옥에서 감옥으로 통하는 절벽
또 하나의 방이 있다
낯선 수행자의 토굴이었기 때문에
누구도 눈치채지 못했다

절벽에는 절벽이 산다
절벽감옥이다
절벽수도원이다

며칠째 절벽에서 뛰어내리는 꿈을 꾸었다
어둠 속으로 따라 들어가는 가느다란

줄 한 가닥 잡고
밤새 감옥과 수도원을 오가며
절벽을 지우고
돌 속에 갇힌 나를 꺼냈다

론다는 어느 여자의 이름이었을까
론다와 절벽 사이에
지금도 아이가 태어난다

*기이한 절벽 위에 세워진 스페인 안달루시아 자치지역 남부 도시

위험하다, 위험하지 않다

왜 먼 나라 분쟁지역까지 가느냐고,
위험하지 않으냐고,
그래, 위험하다, 아니 한겨울 방구석에 처박혀
빈둥빈둥 뒹굴어도 위험하다

개들이 따라 온다 개들과 함께 개들이 걷는 속도로

블루모스크에서 성소피아사원까지
술탄아흐메트 광장을 천천히 걷는다
개가 걷는 속도로 여행할 때
최고의 여행을 했다는 사실을 깨닫는다*

2016년 1월 12일 술탄아흐메트 광장에서
시리아 국적 28세 여성의 자폭테러로
독일인 10명이 사망, 15명이 부상당하는
참사가 발생했다

치명적 위험이 나를 초대했고
치명적 위험이 치명적 위험에서 비켜 갔다

여행은 사라지는 것이다
'결코 다시는'이 아니라 '다시 또다시'를 되뇌이며
다른 사람의 걸음으로 걷는다

궤도 이탈한 별처럼
붉은 사막을 건너 국경을 넘는다

낯선 나를 만난다
개의 걸음으로

*가드너 맥케이 『지도 없는 여정』 중에서

메두사의 머리

지하 물궁전에
물구나무선 메두사의 머리를 보았다
대리석 기둥을 받쳐 든 그녀가 불안하다
그녀의 심장이 불안하다

뒤돌아보지 말라는 참언讖言을 잊은 것이다

돌이 되어도 좋습니다

뱀 머리카락을 한번 쓰다듬고
물궁전을 빠져나와
카파도키아까지 줄달음질 쳤다

요정의 굴뚝 어디쯤 돌들 곁에
물구나무서서
지중해 노을이 물끄러미, 떠나보낸 이들을 깨운다
아른아른

메두사여
남의 여자를 탐한 죗값으로

시간의 얼굴에 닿을 때까지
돌이 되어도 좋습니다

돌 속에 들어가 돌이 되어
뒤돌아보지 않겠습니다

에페스의 발자국

샛길은 늘 친숙하다
셀시우스 도서관 앞 한쪽으로 기운 길
대리석 조각에 발자국 하나 찍혀 있다
'이 발보다 작은 사람은 들어오지 마세요'
내 발을 대어본다
꼭 맞는다

유곽遊廓이다
'나를 따라오세요'
나는 또 샛길로 빠졌다

상처를 치유해준다는 '사랑의 집'
내 발에 꼭 맞는 여인의 발자국을 신고
2천 년을 걸었다

그리스 여인과 함께 에게해 해변에 앉아
에베소 보내는 편지*를 읽는다

샛길을 따라 들어온
2천 년 전의 지금

막 도착한 편지를 읽는다

*신약의 열째 권 에베소서. 사도 바울이 에베소 교회에 보낸 옥중 서신

夢遊臥

몽유와夢遊臥는
몽유와Monywa*에 있다
팔베개 베고 누워 놀기만 해도
부처가 되는 나라
하릴없이 꿈만 꾸어도
저절로 가볍게 부처가 되는 나라
몽유와라고 부르면
몽유아가 지워지고
꿈만 남는 나라

몽유와Monywa에는
몽유아가 없다

전도몽상顚倒夢想이다

꿈속에서 길을 잃은 사내가
몽유와, 몽유와 하며
꿈속에 남아있는 몸을 빠져나가고 있다

*미얀마 만달레이에서 북쪽으로 140km, 이곳 보디 따따웅 사원에는 거대 와불이 있다.

관흉국貫胸國 사람들

　먼 나라 변방에 관흉국이 있다 가슴에 구멍이 뚫린 사람들이 모여 사는 나라, 뚫린 가슴을 장대로 꿰어 앞뒤 사람이 어깨에 메고 먼 길을 간다 아이들이 나무 막대로 들것을 만들어 부상당한 천사를 태우고 간다* 붕대를 머리에 감고, 들것의 막대를 부여잡고 있는 천사도 관흉국 사람들이다

　종로 3가에서 종로 4가에 이르는 종묘공원에도 관흉국 사람들이 모여앉아 가을볕에 몸을 말리고 있다 휠체어를 밀고, 지팡이에 몸을 의지하고 서쪽을 만들어 허리가 부러진 하늘을 물끄러미 바라본다 천사들은 가슴을 이식하는 습관이 있다

　날 저물면 관흉국 사람들은 그림자를 만든다 종로 3가역에서 무임승차를 하고 관흉국으로 간다 구명조끼도 입지 않았다 어둠 속에 떠 있는 유민들의 난파선

　관흉국은 어디에나 있고 어디에도 없다 심장을 잘 말려 다시 가슴에 집어넣고
　나는 아무도 모르는 사람이 되었다

*후고 짐베르크의 그림

에게해가 아프다

지중해를 거슬러 아이발특까지 왔다 에게해, 관광객들은 '에게게'라고 실없이 키들거리다 너무 아름다워 숨이 막힐 지경이라고 호들갑을 떤다 아직 숨이 막히지는 않았다는 듯

나는 관광객이 아니다 철수 권고를 알리는 남색경보가 뜬 들판을 가로지르는 여행자의 바람에 혼절하는 옷깃

해안선이 검푸른 너울을 밀어내고 있다 세 살배기 쿠르디가 엎드린 채 숨을 거둔 에게해 난민 보트가 뒤집히고 밀항선이 가라앉아 한 달에 수백 명씩 수장되는 아이발특 한 사람의 죽음은 비극이지만 수백만 명의 죽음은 통계에 불과*한 것일까 고통은 한 세기이지만 죽음은 한순간이다**

누군가 밤바다를 서성이다 그리스 땅을 하염없이 바라본다 시리아 난민일까 아프가니스탄 난민일까 쿠르디가 울고 있다 난민 청년이 울고 있다 울음이 까맣게 탔다

우리도 한때는 난민이었다 1.4후퇴 때 보따리를 이고 지고 남으로 남으로 떠나는 피난민 행렬에 끼어 있었다 난민, 다르지만 틀리지는 않다 틀리지만 다른 것처럼

손에 잡힐 듯 불빛이 너울거리는 그리스가 아프다 에게해가 아
프다 밤새 불빛에 뒤척이다 수평선에 떠 있는 내 몸이 혼침昏沈하다
우주 저쪽 누군가도 곧 아플 것이다 어두워져서 아픔이 보석처럼
빛난다

* 이오시프 스탈린의 말
** 장 바티스트 그라세의 말

밍글라바*, 쉐다곤

아직도 발바닥에선 불이 납니다
수천 파고다 중에 고작 수십을 돌아
마지막 황금사원 쉐다곤 맨바닥에 주저앉았습니다
40도 불볕에 달구어진 타일 바닥을 맨발로 걷기란
수행修行 아닌 고행苦行입니다

아이들은 따나카** 분칠을 하고
쉐다곤 부처는 황금 세례를 받고
나는 내 몸속으로 들어갔습니다

100미터 첨탑 황금 끝엔
텅 빈 5월 하늘이 걸려있습니다

공즉시색空即是色입니다

내 몸속을 수만 걸음 걸어
일주일 만에 여기까지 왔기에
발바닥에 불이 나는 뜨거움을 알았기에

맨발이 내 발임을 알았기에

아리고 쓰린 발바닥을 어루만지며

"밍글라바, 쉐다곤"

* 미얀마 말로 '안녕하세요?'
** thanaka: 미얀마 사람들은 따나카 나무를 갈아서 나온 가루를
   물에 개어서 얼굴과 몸에 바름

몬세라트 가는 길

절벽을 만들었다 한 무리의 목동들이
하늘에서 빛이 내려와 절벽을 덮는 것을
보았고 천사들의 목소리를 들었다
그곳 절벽에 몬세라트 수도원을 지었다

누군가 울었다

빛이 빛을 몰고 오고 안개가 안개를 몰고 가는
서로의 속으로 사라지는
모든 경계를 지우고 경계를 뛰어넘어
절벽이 되는
절벽은 우리 몸의 어디에나 있다

몬세라트 수도원은 그곳에 가만히 있다
이곳에서 피카소와 달리와 가우디가
절벽의 경이로움을 보았고
아름다움이 세상을 구한다*는 말을 되뇌이며
빛의 애인을 찾았을 것이다

누구나 절벽 앞에 선다 내 안의 까마득한 벼랑 아래

낯익은 슬픔 하나가
시간이 없는 짐승의 각질을 벗고 하강한다

살아있는 날들이 있어 수행이고 순례다

검은 성모마리아 상 앞에 경배하고
몬세라트를 내려오는 허공 속 길 하나

절벽을 뛰어넘는 하얀 눈표범

사람의 눈으로 보아도
절벽에는 하얀 발자국이 있구나

*도스토옙스키의 소설 「백치」 중에서

서천西天 꽃밭*에 가다

유민流民은 유민이어서 인레 호수 부레옥잠 물길에 흘러 흘러
여기까지 왔을 것이다
쉐 인떼인Shwe Inntain** 천 년 쯤 되었을까
사람 수만큼 천불천탑千佛千塔을 지었을 것이다

이승도 저승도 아닌 서역 서천 꽃밭이 여기다

꺾인 첨탑 위 봄꽃들 둥지를 틀었다
뼈살이꽃, 살살이꽃, 피살이꽃, 숨살이꽃, 혼살이꽃
백골의 부처 몸을 헤집고 솟아난 생불꽃, 환생꽃
모든 몸에서 생겨남과 스러짐이 맞물려 꽃들은 피고 진다

천 년 생명의 기호다
백골의 춤사위다

허공에 꽃을 뿌렸다
어디선가에서
누군가의 꽃이 미리 피어 있을 것이다

* 제주 무가에서 서역 어딘가에 있다고 믿어지는 꽃밭. 여기에 피는 꽃을
  죽은 사람에게 뿌리면 뼈와 살과 영혼이 되살아난다고 한다
** 미얀마 버강 왕조 말기 산족에 의해 조성된 것으로 알려진 불탑군의 유적지

밍군* 아이들

아이들이 몰려온다 열세 명이다 우리 편도 열셋이다
어디서 열세 살 아이들 열세 명이 쏟아져 나오는
것일까 긴 강둑을 달려와 손가락으로 짝을 고른다
우리는 이렇게 찍혀 모르는 짝이 되었다

열세 살 미미가 뱃전에서 손을 내민다 손잡고 한 편이
되어 밍군대탑에서 밍군종까지 한나절 옛 마을을 돌았다

봄 소풍이 얼마 만인가 미소 짓는 밍군 아이들은 마하무니
부처를 닮았다

밍군종이 울린다

다시 이라와디 강을 거슬러 가야 한다 3달러를 손에 쥐여 주었다
3달러가 감쪽같이 사라졌다
미미는 배가 멀어져 가는 것을 강둑에 앉아 오래 바라보고 있다

지금 내가 바라보고 있는 너희는 나의 과거다
3달러가 다시 나타났다

*만달레이에서 서북쪽 이라와디 강을 한 시간 거슬러 오르면 만나는 강가의 작은 마을.

3부

능소, 다음 이야기

지난여름 태풍에 허리를 꺾여
땅바닥에 뒹굴었습니다
벽을
다시는 볼 수 없을 것만 같았습니다

하늘과 함께
누가 능소를 지붕 위에 올려놓았나요

죽은 뿌리 밑동에서 새순이 돋아나고
줄기마다 낙지 빨판 같은 흡착 뿌리가 돋아났습니다
천 개의 손은 혹시 천수관음의 손인지요

누구나 손이 있지요

능소는 왜 기를 쓰고 기어오르는 것일까요

나간다는 것은 조금 죽는다는 것입니다
누가 매달린 절벽에서 손을 뗄 수가 있을까요*

능소는 지붕 위에 올라가 자주색 꽃등을 켭니다

꽃으로 불을 살려내
밤마다 천억 광년 먼 별을 봅니다

꽃으로
불을 끄기 위해

*선불교의 화두 모음집 『무문관』의 화두를 풀어 쓴 강신주의 저서명을 변용했음

폭설수행暴雪修行

하루

혹한惑寒을 피해 제주에 왔다
느긋하게 하룻밤 자고나니 눈발이 시작,
바람이 눈발을 몰고 와 누구의 욕처럼 퍼붓는다
이럴 수가
늑대를 피해 도망가면 무서운 인간을 만난다더니,
피한避寒을 했더니 혹한이 눈 폭풍을 몰고
누군가 나를 쫓아온다

이틀

이튿날도 쏟아붓는다
서울은 15년 만의 강추위, 제주는 32년 만의 한파에 설상가상雪上
加霜
폭설, 강풍이란다
시도 때도 없이 정전이다 보일러는 멈추고 전기장판, 전기밥솥
까지
먹통이다
하늘길 바닷길도 끊겼으니 고립무의孤立無依

하나 8만여 명 이웃들이 발이 묶여 공항 바닥에 노숙 생활이라니
그래도, 이웃이 생겼다

사흘

두문불출杜門不出, 누구와도 말을 하지 않는 날은
마음이 10킬로쯤 줄어든 느낌이다
먹을거리도 바닥이 나 묵은 쌀과 유통기한이 지난
라면 봉지를 뜯어 먹는다
두려움이 뱃속에서 스멀스멀 몰려나온다
두려움이 같이 있다
고통은 내가 만들어 낸 짐독鴆毒이다

나흘

이웃집 할망이 가져다준 감자 한 자루로
몸속 독을 약으로 바꿔낸다
혹한에 감자로 연명하고 나면 나는 감자가 되어있을까

나흘 만에 눈발이 그치고 서쪽 하늘에 개밥바라기가 떴다

적멸궁寂滅宮이 따로 없다

하나 나는 적멸寂滅에 이르지 못했다
다만 묵언黙言이라 써 붙이지 않아도 절로 수행, 폭설 수행
나는 폭설처럼 남는다

입춘

동안거冬安居가 끝나고 잔설이 눈부신 날
잔설처럼 봄으로 떠나리라
지금 내가 그대에게 줄 수 있는 것은
침묵이 사라진 침묵뿐

묵언수행黙言修行

집 앞 고샅을 지나던 옆집 할망이
담 너머로 힐금거리다
입을 삐죽거린다

할망의 마음을 읽는다
마당 풀이 섶을 이뤘는데
손 하나 까닥하지 않고
방구석에 틀어박혀 빈둥거리며
묵언수행 좋아하시네

들켰다
일하지 않는 사람은
먹지도 말라 해
저녁밥은 뜨는 둥 마는 둥

진종일 입 한 번 떼지 않고
방구석에 틀어박혀
혼자 빈둥거린 건 맞는데

나는 말을 하지 않았을 뿐이다

내 자전거

위험하게 살아가라고 철학자는 말한다
그래, 평탄하기만을 바라지는 않겠다
맘먹고 하이브리드 자전거를 샀다
기어 변속을 해가며
해안도로 오르막 내리막을 신나게 달렸다

시시각각 위험이 몸으로 들어온다
이제 위험하게 살지는 말자
나는 자전거가 아니다

내 집 마당 지킴이 부녀회 총무가
녹슨 고물 자전거를 타고 와
땡볕에 풀을 뽑는다
순간 창고에 모셔 둔 자전거가 생각났다
먼지가 끼고 녹슬 조짐이 보인다
열쇠까지 챙겨 아끼던 자전거를 내주었다
자전거가 달리고 싶어 하니
맘껏 굴러가게 해달라고 부탁했다

잠시 장마가 숨 고르는 날

몸이 녹슬지 않게 해안도로를 걸었다

누군가 신나게 자전거를 타고
내 곁을 스쳐 지나가며 손을 흔든다
나도 두 손 흔들며 박수도 쳐주었다

자전거가 웃는다

내 자전거사史

내 힘으로 바퀴를 굴리지 않으면 넘어진다 2001년 삼천리 자전거를 타고 왕촌旺村 둑길을 달려 갑사甲寺까지 갔다 오르막길과 내리막길을 번갈아 오르내리며 50대 나이도 청춘이라 여겼다

2011년 제주 고산高山에 농가 주택을 마련하며 왕촌의 20만 원대 삼천리 자전거를 후배 시인에게 넘겨주었다 50대를 넘겨주고 60대 자전거로 갈아탔다 애월, 곽지해변, 한림공원을 거쳐 차귀도 앞 수월봉 노을에 이르는 데는 내 몸이 30킬로미터를 감내해야 했다

70대에 이르면 50만 원대 자전거도 쇳덩이처럼 무거워 자전거 안장에 오르기가 겁이 난다 몇 년째 현관에 모셔두었다가 마당 풀 뽑아주는 마을 부녀회 총무에게 자전거를 그냥 내주었다 그 값으로 일 년간 마당 풀은 거저 뽑아주었다

누구나 내려가는 데 더 버거운 날이 온다 2018년 겨울 영하 17도에 이르는 혹한 속에 실내 자전거 페달을 돌리며 화재의 책 〈자전거 타는 CEO〉를 틈틈이 읽었다 일흔셋 나이에 자전거로 대만 국토를 일주하기 시작해 여든셋 나이에도 즐겨 일주를 거듭하는 세계 최대 자전거 회사 〈자이언트〉의 류진바오 회장, 나는 지금 그 보다 10년이 젊다

살아 있다는 것은 바퀴를 굴리며 길을 가는 것이다 봄이 오면 가벼운 탄소 소재 카본 자전거를 장만해 꽃 피는 성북천 자전거길을 내닫고 싶다 지금 하지 않으면 영원히 못 할 것이다 하고 싶을 때, 할 수 있을 때, 마음 시키는 대로, 머리가 시키는 대로, 그도 안 되면 몸이 시키는 대로 먼 길을 가야 한다

세워 놓고 보니 그 사이에 쑥꽃이 핀다

신구간新舊間

1만 8천 신神이 임무 교대를 위해 하늘로 올라간 사이
제주에 왔다

신神이 자리를 비운 사이
사람들은 이사를 하고 집을 고치고
그 틈 사이에서
나는 사람과 사람 사이를 생각하고
시詩와 시詩 사이를 생각하며
신독愼獨하려 애썼다

나는 경계인境界人이다

바다와 육지 사이
너와 나 사이
가물가물하게 지운다

地와 水, 火와 風 사이에서
육근청정六根淸淨이라고
입춘첩立春帖을 보이지 않는 봄의 기둥에
써 붙였다

神은 愼이며 新이다
神이 제자리로 돌아오는 입춘 무렵
神과 임무 교대를 하고
가볍게 내 자리로 돌아갈 것이다
아직 없는 곳으로

봄 바다

월령 해변에서 금능, 협재에 이르는 동안
창가에 앉은 젊은 여자가 스치는 봄 바다에 꽂혀
죽여주네, 죽여주네!를 연발한다

옆자리 사내가 수평선처럼 말한다

내가 죽여줄게,

봄, 좋을 때다
삶의 절반이 죽음이라면
봄밤, 반쯤 죽어도 좋겠다

신문神門

제주 사람들은 집 앞 밭에 묘를 쓴다
돌로 빙 둘러 영역을 표시한다
산담이다
그리고 묘에 작은 구멍을 내 문을 만든다
신문神門이다
조상신과 함께 살며 소통하는 문
생명의 분화구다

신神도 늙는다
사람이 회귀回歸하듯
신들도 회귀한다
1만 8천 신이 임무 교대를 위해
하늘로 간다

신들이 외출한 날 신구간新舊間
신문神門을 들여다보며 생각한다
신神은 지상과 천상을 넘나드는 경계인境界人
나는 육지와 섬을 넘나드는 경계인境界人이다
어느 땐
바람이 그 사이를 메워준다

소통

가을꽃 피는 일처럼 아무 일도 일어나지 않은 날에
큰맘 먹고 오래된 집의 낡은 창호를 바꾸었다

바람에 덜컹거리고 흙먼지가 문틈으로 새어들고
방충망을 뚫고 벌레들도 들어온다
쥐며느리까지 틈을 비집고 들어와 눕는다
심지어 오래된 달빛까지도

이중으로 창을 달아 들어오는 것들을 막고
틈이란 틈은 모두 봉했으니 이제는 안심이다

몇 달 집을 비우고 봄이 되어서야
다시 제주에 왔다
문을 열고 들어서는 순간 코를 찌르는 쾨쾨한 냄새,
방문을 열자 여기저기 곰팡이가 슬어 있다
아뿔싸,
바람도 공기도 통하지 않게 꼭 막아놓은 몽매여
손으로 하는 일은 손이 모른다

너와 나의 불통이여

다시 돌아갈 수 없는 날들이여

허겁지겁 창이란 창은 활짝 열고
방충망에 조그만 구멍도 뚫어놓자
통풍通風에 소통풍疏通風까지 기지개를 켜며
방안이 심호흡을 시작했다

애기풍뎅이가 별똥별을 업고 와
똑똑 문을 두드린다

어두운 사람

가시리에서 오름을 탔다
억새는 이미 늙어 바람이 사는 집이 되고
키 작은 쑥부쟁이, 꽃향유, 솔채는
아직 꽃이다

따라비 초입 쫄븐갑마장에서 조랑말과 놀다
길을 놓쳤다
조랑말을 놓치고, 사람이 다니는 길을 놓치고
짐승이 다니는 길을 찾아 길을 잡았다

때로는 사람이 다니는 길을 버리고
짐승이 다니는 길로 갈 때가 있다

지팡이 두 개를 번갈아 짚고
길을 내며 오름을 오른다
결국 네 발로 정상에 올랐다
네 발처럼 편안하다

능선 따라 길과 길이 자주 헤어진다
한 뼘 남은 가을 햇살이 등을 떠민다

오름의 정점이 내림의 시작이란 것이
정신적이다

한눈팔지 말고 허방 짚지 말고
낮게 낮게 몸을 맡기고
개와 늑대의 시간을 내려간다

나를 밀고 가는 것들이
뒤돌아봐도 없다
눈을 크게 뜨면 어둠도 사람이다

월동

앉은뱅이책상이 세 개다
안방에
책방에
쪽마루에

글이 서성거린다

베개가 세 개다
목에
품 안에
다리 사이에

잠이 뒤척거린다

한겨울
낮에는 서성거리다가
밤에는 뒤척거리다가

아무래도 익숙한 것들과는 헤어져야겠다
겨우내 비워둔 제주 골방에 가서
잘 보이는 곳에

따뜻한 곳에
겨울을 놓고 와야겠다

4부

오늘의 십 년

사진 새로 찍고
십 년짜리 여권을 다시 냈다
십 년을 연장해 놓으셨군요,
아니요, 십 년을 다시 시작하는 게요,

함께 여권을 새로 낸 아내와
구청 앞 커피숍에 앉아
오늘의 커피를 주문해 놓고
새 여권을 한참이나 들여다보았다

오늘 하루를 덤덤히 받아들이며
조금 더 나아가기 위해
계속하는 법을
서두르지 않고 걷는 법을
맨발의 여행자가 되는 법을
추운 북쪽 나라 천만년 붉은 협곡의
얼음이 되는 법을

다시 십 년 동안 기다린다
따뜻한 얼음 속에 내 사진이 춤게

박혀있다

아내가 커피를 마시다 뜨거운지
그걸 들여다본다

월요일의 시

월요일은
프로야구 경기가 없는 날
내겐 할 일이 생기는 날

저녁 시간에 큰 구멍이 났다
안절부절못하다가
쓰다만 시를 끄집어내
오물오물 씹다가
읽지 않은 메일도 끄집어내
지우고 지우고

월요일은 참 인간적이다

손에 든 초고 조이고 조이고 어딘가 헐렁해

시상도 야구팀 순위만큼
왔다갔다

두 쪽짜리 초고가
한쪽도 아닌 반쪽만 남았다

오래 망설이다 반쪽마저 지운다

월요일은 참 시적이다

생일

손자 생일은 2월 6일
내 생일은 2월 8일
생일 축하는 2월 7일
함께 하기로 했다

손자는 이미 태어났고
나는 아직 태어나지 않았다

서쪽이 해를 손으로 감추고 난 뒤

백 년이 지나도
그러하리라

환승역에서

스무 번, 서른 번 다음의 봄엔
깔딱고개쯤이야 단숨에 넘었는데
일흔 무렵 환승역 계단이
깔딱고개다

숨의 눈금 같은 화살을 따라
깊고 어두운 겨울 환승역을
두리번거린다

내 몸을
누군가 이상한 곳으로 데리고 와서
여기 어딘지 모르겠다

어느 역에서
갈아타야 봄으로 갈 수 있는지
봄을 지나가는지

우리 동네

꽃무늬 몸뻬바지에
꽃무늬 배낭 메고
꽃구경 간다

상처 많은 밑동에서 핀
어린 꽃망울 예쁘다

강낭콩 꼬투리만 한 하루가
지고 있다

사진기는 노출을 잡고
어스름에서 눈부심까지
끌어낸다

꽃과 꽃 사이
햇살이 떨어지느라 바쁘다

그러다 누구나 끝내
씨알 하나 물고
우주로 돌아간다

우리 동네에서는 그렇다

우리 동네 경씨아찌

아이들이 쓰레기처리장 옆에 모여 있다
10층에서 물끄러미 내려다보다
서둘러 내려갔다

경비원 경씨가 쓰레기처리장 옆 공터에
그림을 그리고 있다
골프 연습장에서 얻은 흠집 난 골프공으로
배도 그리고 비행기, 호랑이도 그렸다
날마다 날마다

아침마다 베란다 창밖을 내려다보며 미소를 짓는다
오늘은 새를 그리고 있다
곁에서 아이들이 박수치며 함성을 지른다
경씨아찌 최고, 경씨아찌 만세,

어느 날부터 공터에 쓰레기가 쌓이고
아이들도 보이지 않았다

경씨는 아이들을 즐겁게 하는 일보다
경비원 본연의 임무에 충실하겠다고

각서를 썼다고 한다

그러면 그렇지,

더 이상 쓰레기처리장을 내려다보지 않았다
미세먼지 낀 시야에 우리동네 경씨아찌의
축 처진 어깨가 어른거린다

새가 어디론가 날아가고
배와 비행기와 호랑이가 땅에서 사라졌다

마을버스를 타고

한참을 기다려 마을버스를 탔다
자리를 찾아 두리번거리는 내게
앉아 있는 사람들의 따가운 시선이
다가와 박힌다

다음 정류장에서 또 한 사람이 탔다
나와 마찬가지 처지다
나도 그를 아래위로 훑어보았다

그가 내 옆자리에 와 앉는다
골목을 돌고 돌아 창신역까지 동행했다
내가 그인가 그가 나인가

창밖엔 봄꽃 흐드러지게 피고 있다
청용사 담장 밖으로 자목련이 삐쭉
저 꽃은 누구의 것인가

어느 봄날 기억 속으로
양陽은 음陰으로 음은 양으로
더하고 빼고 곱하고 나누고

나도 돌고 돌아 간다

내가 너인데
네가 나인데
내가 너인 줄을 모르고
네가 나인 줄을 모르고

버스가 가끔 브레이크를 밟으며
사람을 태우고 지나간다
나도 드디어 사람이 된다

문득, 가을

복날 삼계탕을 해 먹었다
비닐봉지에 싸둔 닭 뼈를 삼순이가 몰래 먹어치웠다
우리 내외는 닭 살을, 삼순이는 닭 뼈를
서로 나눠 먹은 셈

삼순이는 이튿날 동네 동물 병원에 입원해
개복 수술을 했다 닭 뼈를 긁어냈지만
일주일이 지나도 회복되지 않았다
수술 부위가 감염돼 VIP 동물병원으로 옮겨
또 수술을 했다

삼순이가 460만 원을 해 먹었다
나도 지난해 네 개 임플란트 비용으로 수백만 원을
해 먹었으니 개나 사람이나 그게 그거다
덕분에 우리 내외는 보름 동안 개 병문안을 했다
그러다 보니
여름이 지나고 개가 가을처럼 가까워졌다

내가 할 수 있는 일이 무엇이랴
앞으로 집에서 삼계탕을 해 먹으면 안 된다고

엄포를 놓을 뿐

개와 나는 요즘 거실을 같이 걸어 다닌다
또 무엇을 해 먹을까 고민하면서

창밖에 있는 것들이 문득, 가을로 보인다
개처럼 선선하다

오늘은 선물입니다

가을 햇살을 아직 남겨두고
정 시인이 떠났습니다

연꽃 방죽을 끼고 오솔길 돌아
나지막한 언덕에 그를 떼어놓고 왔습니다

마음자리로 돌아와 먹을 갈고 붓으로
오늘은 선물입니다
라고 잠언 한 구절을 써서
아이들 방문 안에 붙였습니다

오늘은 선물 주는 날입니까, 무슨 선물…

아내의 칠순 축하 가족 모임 자리에서
여러분 오늘, 바로 오늘이 선물입니다
눈을 뜨는 이른 아침,
그것은 파는 가게가 없는 것이어서
신이 준 선물이라고 말했습니다

가을 산길을 걸었습니다

떡갈나무, 갈참나무, 졸참나무가
내게 걸어와 선물을 주고 지나갑니다

나는 착한 가을 햇살과
오늘을 데리고 산을 내려옵니다
그들은 나보다 먼저 내려온 사람처럼
벤치에 가 앉아 있습니다

죽비가 하는 일

아침저녁 하는 일이 있다
발바닥을 만들어 발바닥을 때리고
종아리를 만들어 종아리를 때리고
등허리를 때린다

시원하다

오래전 어느 스님에게 얻어 온
죽비가 이렇게 소용될 줄이야

나이 들면 반대로 하는 일이 많다고 한다
울 때는 눈물이 안 나고
웃을 때 눈물이 난다
맞아야 안 아프고
안 맞으면 아프다*

누군가 나를 먼 곳으로 데려가
내가 나를 때린다 내가 나를 울린다 내가 나를 깨운다
내가 하는 일이 아니다
죽비가 하는 일이다

*『문해피사文海披沙』 중에서

겨울 저녁에

해 질 녘 영하 15도 혹한에 사람들이 종종걸음으로 건널목을 건넌다 인파 속에 한쪽 다리가 불편한 노인이 지팡이를 짚고 손수레를 밀며 힘겹게 건널목을 건넌다 폐지에 빈 박스가 가득한 노인은 빙판길보다 위태롭다 그가 가는 곳은 어디인가

한참을 뒤따라가다 턱에 걸린 노인을 거들어 넘겨주었다 숨이 차다 그의 거친 숨소리가 내게 와 가늘게 떨린다

절룩이며, 절룩이며, 절룩이며, 절룩이며, 긴 그림자를 끌고 가는 노인이 멀어져 간다 내가 그에게 온기를 보낸다 그의 온기도 내게 와 따스한 파동으로 남는다 파동치며 멀어져가는 손수레가 지구의 어두운 모퉁이로 사라진다 둥글다

하루해를 넘기는 그의 하루치 삶의 총량은 얼마일까 나는 어깨가 무거워서

절룩이며 하루를 늦게 살았다
그가 먼저 도착한 곳에서

마이너스, 플러스

　10년 만에 이사를 하며 버리고 갈 것들을 골라냈다 책을 버리고
그다음 옷가지와 가방, 모자를 방안 가득 펼쳐 놓았다 버릴 것은 왼
쪽 마이너스(−) 표식 안에, 껴안고 갈 것은 오른쪽 플러스(+) 표식
안에, 온종일 마이너스 플러스와 실랑이를 했다 결국 마이너스 쪽
이 플러스 쪽의 두 배가 넘는다 옛집의 기억마저도

　공교롭게 이사 다음 날 건강검진을 받았다 저녁과 다음 날 아침
을 거르고 수면내시경검사가 시작되었다 텅 빈 늑골이 보였다 내
속이 들여다보였다 이곳은 어디인가 아프리카가 보였다 르완다 어
린이들을 만났다 내 모자를 쓴 아이가 손을 내민다 깊은 잠 속에서
남방큰돌고래 등을 타고 멀리도 왔구나

　수면마취에서 깨어난 공복의 겨울 한낮
　거리엔 눈이 내리고 맑은 깨어남을 한나절 즐겼다
　나는 지금 마이너스다

　금식으로 텅 빈 내 속을 무엇으로 채워야 할까
　내 속에서 무엇을 꺼내 버려야 할까
　영(0)점을 가운데 두고 마이너스와 플러스 눈금이
　눈발처럼 가늘게 떨린다

어딘가에서 멈춘다
살아있다

할머니 구름

큰아버지는 모시 두루마기 곱게 차려입고
길 떠나셨네
찔레꽃 고샅길에 다시 필 무렵

하얀 모시옷 입으면 하얀 마음이 되어야 한다고
할머니는 모시꽃처럼 당부하셨네

할머니는 호롱불 켜놓고
호롱불 꺼놓고
입술이 부르트도록
무릎이 닳도록
기다리셨네
기다림이 구름보다 크게 되었네

모시 한 필 모시 두 필
한산장 모시전에 내다 파시고
장터 안을 기웃거리다가
─ 저기 가는 저 양반,
   모시 두루마기 양반!
   뉘시요!

이듬해 추석 무렵에도 바람이 불어도
큰아버지는 오지 않았네

모시 두루마기는
노처럼 바람 휘저으며 지금도 어느 하늘 아래
휘적휘적 가고 있을까

언제쯤 비가 내릴까
지금도 떠다니는 하얀 할머니 구름
참 배고픈 구름

만 리 여정을 가는 맨발의 숨은 神

엄경희
문학평론가 · 숭실대 교수

만 리 여정을 가는 맨발의 숨은 神

엄경희

1. 깐깐한 성정과 이완의 여유

하나의 개체로서 특정 인물의 기질을 형성했던 요인을 완전하게 파악하기 위해 우리는 그를 둘러싸고 있던 역사적 패러다임과 다양한 전기적 자료, 깊이 연관된 사람들과 사물들, 그리고 그가 기억하고 있는 특수한 사건들을 모두 한자리에 놓고 그의 인생 속으로 들어가지 않으면 안 될 것이다. 그런데 이 모두를 다 동원해도 존재의 실체는 늘 여지를 남기는 신비함을 지닌다. 인간의 내면은 다질적(多質的) 층위가 복합적 얼개를 형성하여 때로는 모순을, 예를 들면 성(聖)과 속(俗)을, 아니마(anima)와 아니무스(animus)를, 분노와 사랑을, 견고함과 느슨함을, 기괴함과 천진함을, 신념과 성찰을, 합리성과 불합리성을, 의지와 무력(無力)을, 발화와 침묵의 욕구를 분할할 수 없는 상태로 한 몸에 두른다. 거기에 무엇이 필연이고 무엇이 우연인지 알 수 없는 시간의 기묘함이 함께 작용하면서 한 인간으로서의 초상이 만들어진다. 그러니 한 존재의 형상은 타인만이 아니라 그 자신에게도 완전하게 이해될 수 없는 불확실성으로 남을 수밖에 없다. 존재의 불확실성을 안다는 것 또한 인간의 능력 가운데 하나일 것이다. 그렇기 때문에 오히려 아무리 분류하고 유형화해도 완전한 종합에 이를 수 없는 것이 삶의 매력이기도

116

하다. 이러한 생각은 또다시 '너'는 누구이며 '나'는 누구인가를 묻게 하는 인식론의 동력으로 작용한다. 이명수 시인의 여덟 번째 시집 『카뮈에게』는 나를 이러한 생각으로 몰고 간다. 그의 동사들은 팽팽함과 느슨함 사이, 들어감과 나감 사이, 우연적 재난과 침묵 사이, 불가역적 시간과 가역적 시간의 체험 사이를 드나든다. 그것은 한 존재의 신체와 정신으로부터 촉발되는 다양한 경로와 지점들을 점유하고 횡단하며 출렁인다. 이 출렁임을 따라가기 위해 나는 우선 그의 일상성부터 만나보고자 한다.

비굴하게 허리 굽혀
애걸한 적이 있었던가
딴사람 얼굴로
굽실거린 적이 있었던가

아니다, 아니다

퇴행성 척추관협착증이란다
허리를 굽히면 신경이 눌려
통증이 더 심해진단다

의사 선생님, 이 나이에
허리 굽힐 일 있겠습니까,

허리를 한껏 뒤로 젖히고 걷는다

하늘 보고 낮달 따라 걷는다
그래, 좀 거들먹거려도
큰 흉이야 되겠나

한눈팔다 무언가에 걸려
쫘당, 넘어졌다
세상의 중심축이 조금 바뀐다

누군가 뒤에서 키득거린다
뒤돌아보니 돌이다

그래, 누구나 반듯한 허리는 하나씩 가지고 있다
그걸 구부리면 안 되지

　　　　　　　　　　　　　—「허리 굽히지 마라」 전문

　이 시는 이명수 시인이 삶에 대응하는 자세와 견고한 기질을 상
징적으로 보여주는 대표적 예라 할 수 있다. 화자는 '퇴행성 척추
관협착증'을 진단한 의사의 "허리를 굽히면 신경이 눌려 통증이 더
심해진다"는 사후 관리를 위한 조언에 대해 "의사 선생님, 이 나이
에/ 허리 굽힐 일 있겠습니까,"라고 응수한다.
　이때 의사는 어떤 표정을 지었을까? '퇴행성'이라는 단어가 암시
하는 늙음과 굽음을 화자는 이와 같은 발언을 통해 일시에 곧게 편
다. 이것은 늙은 육체를 넘어서는 깐깐한 정신의 자세라 할 수 있
다. 허리를 한껏 뒤로 젖히고 그는 "그래, 좀 거들먹거려도/ 큰 흉

이야 되겠나"라고 되뇌며 당당하게 길을 나선다. 그러는 순간 "꽈
당, 넘어졌다/ 세상의 중심축이 조금 바뀐다"는 어이없는 일이 발
생한다. "세상의 중심축이 조금 바뀐다"는 구절과 조우하며 나는
잠시 시 읽기를 멈춘다. 이 순간적 흔들림이 넘어진 자의 고통을 함
의하기 때문이다. 신체의 중심인 척추가 흔들리는 사태와 세상의
중심축이 흔들리는 사태는 자아와 세계가 한통속으로 동요하는 순
간이다. 중심을 흔들리게 만든 장본인은 뒤에 등장한다. "누군가 뒤
에서 키득거린다/ 뒤돌아보니 돌이다"라고 화자는 말한다. 키득거
리며 웃는 '돌'은 무엇일까? '키득거린다'라는 표현에는 단순한 장
애물로서 돌부리라 할 수 없는 전언이 담겨있다. 이는 일종의 시험
대인 것이다. 의사가 진단할 수 없었던 정신의 자세를 '돌'이 다시
진단하고 있는 것이다. '돌'은 뼈보다 더 강한 물질이 아니던가. 여
기에는 "네가 나도 이길 수 있어?"라는 물음이 내포되어 있다. 그
물음이 화자를 다시 한 번 건드리고 있음이리라. 이때 화자는 안팎
으로 흔들리는 중심축을 경험하면서 "그걸 구부리면 안 되지"라고
오히려 다짐을 더 강화한다. 이와 같은 견고한 기질은 자칫 부드러
움과 느긋함, 온화함을 결여할 수도 있다. 그러나 이명수 시인의 시
편에 등장하는 화자는 이런 외골수로 단순화되지 않는다.

    복날 삼계탕을 해 먹었다
    비닐봉지에 싸둔 닭 뼈를 삼순이가 몰래 먹어치웠다
    우리 내외는 닭 살을, 삼순이는 닭 뼈를
    서로 나눠 먹은 셈

삼순이는 이튿날 동네 동물 병원에 입원해
개복 수술을 했다 닭 뼈를 긁어냈지만
일주일이 지나도 회복되지 않았다
수술 부위가 감염돼 VIP 동물병원으로 옮겨
또 수술을 했다

삼순이가 460만 원을 해 먹었다
나도 지난해 네 개 임플란트 비용으로 수백만 원을
해 먹었으니 개나 사람이나 그게 그거다
덕분에 우리 내외는 보름 동안 개 병문안을 했다
그러다 보니
여름이 지나고 개가 가을처럼 가까워졌다

내가 할 수 있는 일이 무엇이랴
앞으로 집에서 삼계탕을 해 먹으면 안 된다고
엄포를 놓을 뿐

개와 나는 요즘 거실을 같이 걸어 다닌다
또 무엇을 해 먹을까 고민하면서

창밖에 있는 것들이 문득, 가을로 보인다
개처럼 선선하다
                                        ―「문득, 가을」전문

일상에서 벌어질 수 있는 일을 아주 담박하게 드러낸 이 시에는 앞서 본 시 「허리 굽히지 마라」와는 일견 달라 보이는 화자가 등장한다. '문득, 가을'이라는 제목에 대한 기대를 벗어나 '복날'의 사건으로 시작되는 이 시에는 고도의 유머와 느긋함이 서려있다. 이는 '해 먹었다'라는 행위의 반복과 그 반복이 만들어내는 의미의 차이성으로부터 생성된다. 처음에는 삼계탕을 해 먹고, 다음에는 삼순이와 화자가 수백만 원을 해 먹었다는 것, 그 사이 여름(시간)을 해 먹었다는 것. 화자는 여름을 해 먹었다는 사실을 "그러다 보니/ 여름이 지나고 개가 가을처럼 가까워졌다"고 표현한다. 중요한 것은 이러한 '해 먹다'가 '해 먹으면 안 된다'와 충돌하면서 웃음이 촉발된다는 점이다. 아울러 삼계탕을 해 먹으면 안 된다는 화자의 '엄포'가 삼순이에 대한 애정과 금기의 엄중함을 동시에 드러냄으로써 웃음을 자아내게 하는 것이다. 그 웃음의 절정은 다음 연에 보이는 "개와 나는 요즘 거실을 같이 걸어 다닌다/ 또 무엇을 해 먹을까 고민하면서"라는 행위에서 발생한다. 개와 함께 거실을 걸어다는 느긋함과 또 무엇을 해 먹을까 하는 화자의 궁리가 웃음을 유발하는 것이다. 대부분의 희극성은 대상이 지니고 있는 모자람이나 격하(格下)의 상황으로부터 이완의 미를 생성시키는데 이 경우는 특이하게도 그와 반대된다. 화자의 여유롭고 느긋한 고민 아닌 고민은 전혀 그를 격하시키지 않는다. 닭과 돈과 시간을 해 먹고, 그것도 모자라 또 무엇을 해 먹을까 궁리하는 화자의 풍모가 역설적이게도 자유자재한 인생의 고수처럼 여겨지기 때문이다. 한편 마지막 연의 "창밖에 있는 것들이 문득, 가을로 보인다/ 개처럼 선선하다"는 구절은 그야말로 모든 것이 '문득' 조용해진 시간 속으로 우릴

이끈다. '해 먹다'라는 행위가 정지된 이 순간은 왠지 가을의 복판처럼 느껴진다. 그래서 "개처럼 선선하다"라는 표현이 쓸쓸함으로 물든다. 이러한 쓸쓸함도 웃음과 더불어 심리적 여백에 해당한다. 이명수 시인의 시편 가운데 이처럼 시인만의 독특한 유머가 두드러지는 경우는 함께 실린 시 「봄 바다」를 제외하면 별로 발견되지 않는다. 그럼에도 이 시는 그의 정신이 지닌 이완의 감각을 충분히 짐작케 하는 작품이라는 점에서 주목을 요하는 것으로 판단된다.

2. 기꺼이 두려움 속으로

여행은 일상 속에 있던 자아를 이질적인 장소로 옮겨놓는 의도적 행위이다. 그것은 여기가 아닌 다른 곳을 자발적으로 선택하는 행위라는 점에서 새로운 길들을 열어놓는 개방성과 자유를 함의한다. 그런 의미에서 여행은 지금-여기에 포함된 모든 환경과 시·공간의 조건을 잠시 유보하는 일이다. 지금—여기를 유보하는 행위에는 다른 곳에 대한 설렘과 환상만이 아니라 지금—여기가 지닌 한계, 더 나아가서는 그것에 대한 환멸과 견딜 수 없음이 포함되기도 한다. 따라서 여행은 '비좁음'으로 인식된 현재성을 질적으로 확장하는 행위이며 전혀 다른 무엇으로 그 비좁음을 쇄신하여 새로운 경험과 인식을 시간의 갈피에 덧대는 일이라 할 수 있다. 이때 여행지와 여행의 방식을 결정하는 것은 그 누구도 아닌 여행자 자신이다. 여행자에게 무엇보다 중요한 것은 길과 장소의 결정만이 아니라 낯선 곳에서 행해지는 '여행의 방식'이라 할 수 있다. 여행의 방식은 여행자가 지닌 삶에 대한 태도와 가치관의 수준을 고스란히 반영하기 때문이다. 즉 여행의 방식이 곧 여행자 자신의 총력인 것이다.

앞서 살펴 본 시편이 이명수 시인의 일상적 자아를 비추고 있다면 일상을 벗어난 여행자로서 그의 퍼소나(persona)는 어떠한가? 이러한 물음은 그의 시편 가운데 많은 양이 여행과 관련하기 때문에 비롯된 것이다. 여행자로서 시인의 화자는 자신을 이렇게 규정한다. "나는 관광객이 아니다"(「에게해가 아프다」). 이러한 자기규정에는 '볼거리'를 찾아 몰려다니는 '관광객'에 대한 냉소와 구별짓기의 심리가 담겨있다. 이명수 시인의 여행 시편을 살펴보면 그는 분명 관광객이 아니다.

> 왜 먼 나라 분쟁지역까지 가느냐고,
> 위험하지 않으냐고,
> 그래, 위험하다, 아니 한겨울 방구석에 처박혀
> 빈둥빈둥 뒹굴어도 위험하다
>
> (······)
>
> 여행은 사라지는 것이다
> '결코 다시는'이 아니라　'다시 또다시'를 되뇌이며
> 다른 사람의 걸음으로 걷는다
> 　　　　　　　　　　　　　—「위험하다, 위험하지 않다」부분

카뮈는 나에게 여행을 가치 있게 만드는 것은 두려움이라고 했다 하나, 카뮈는 멀리 여행한 적이 없다 차를 타는 것에

병적인 불안, 공포가 그를 차로 실어 날랐기 때문이다

그런 그가 자동차 사고로 죽었다

이스탄불 블루모스크 광탑光塔을 올려다보며 신심이 깊으면 천국에 갈 수 있을까를 생각하고 있을 때 뒤에서 폭탄테러가 일어났다

때로는 위험한 곳이 안전하다
폭탄이 떨어진 자리가 더 안전하지 않은가
카뮈여, 닥쳐올 위험에 대한 두려움보다
두려움 뒤에 무엇이 올까를 걱정하자

카뮈여, 안전한 것은 얼마나 먼가
그러나 여기까지 오는 동안 나를 지나게 해 준 길에 대해
감사하자
별들이 내 앞길을 비춘다 어둠의 밀도가 깊어질수록
별은 더 빛난다

삶의 의미보다 삶을 더 사랑하듯
나는 여행의 위치보다 여행을 더 사랑한다
어느 계절을 두려움 없이 사랑하듯

카뮈여

두려운 것은 여행보다 먼 곳에 있다

—「까뮈에게」전문

　시「위험하다, 위험하지 않다」와 「카뮈에게」에는 공통적으로 '위험'과 '두려움'이라는 문제가 부각되어 있다. 「위험하다, 위험하지 않다」의 화자는 분쟁지역을 만류하는 목소리에 "그래, 위험하다, 아니 한겨울 방구석에 처박혀/빈둥빈둥 뒹굴어도 위험하다"라고 답한다. 이 대답에는 분쟁지역과 한겨울 방구석을 등가적인 것으로 인식한 시인의 의식이 함의되어 있다. 우리가 안전하다고 느끼는 제집의 방 안이나 변수가 많은 먼 이방의 장소나 기실 위험하긴 마찬가지라는 결론이다. "빈둥빈둥 뒹굴어도 위험"하다는 일상에 대한 인식은 우리가 생각하는 '방구석'에 대한 보편적 믿음을 뒤집어 놓는다. 보호와 휴식의 공간을 거부하는 이러한 인식 이면에는 일상의 표면을 가로질러 삶의 본령에 닿고자 하는 시인의 지향성과 사유의 운동성이 놓여 있다. 이 대목에서 시인이 말하는 '위험하다'와 '위험하지 않다'라는 판단을 재정립할 필요가 있을 듯하다. 그것의 열쇠는 "다른 사람의 걸음으로 걷는다"라는 구절이 쥐고 있다. 다른 사람의 걸음으로 걷는 행위는 잠시나마 '나'의 사라짐을 의미한다. 즉 '나'를 지우는 행위인 것이다. 방구석은 '다른 사람의 걸음'을 멈추게 한다는 점에서 자기 갱신을 가로막는 위험한 폐쇄적 공간이다. 반면 '다른 사람의 걸음'을 가능케 하는 여행지는 예상할 수 없는 사태를 몰고 온다는 점에서 위험한 개방의 공간이다. 문제는 어느 쪽을 선택할 것이냐 하는 것이다. 시인은 기꺼이 자기 갱신이 가능한 쪽을 선택한다.

시 「카뮈에게」는 여행 중에 겪었던 뜻밖의 사건, 즉 '폭탄테러' 경험을 바탕으로 여행의 가치를 카뮈와는 다른 방식으로 의미화한 작품이다. 이 시의 화자는 "때로는 위험한 곳이 안전하다/ 폭탄이 떨어진 자리가 더 안전하지 않은가/ 카뮈여, 닥쳐올 위험에 대한 두려움보다 두려움 뒤에 무엇이/ 올까를 걱정하자"라고 독특한 역설을 내놓는다. 폭탄이 떨어진 자리, 위험이 체감된 자리가 더 안전하다는 화자의 역설을 우리는 어떻게 받아들여야 할까? 이 위험한 자리는 삶이 전격적으로 육박하며 체감되는 우연성의 자리이면서 동시에 닥쳐올 두려움보다 두려움을 겪은 뒤의 자리이다. 앞서 말한 '다른 사람의 걸음'의 필요성이 절감되는 자리, '다른 사람의 걸음'이 "다시 또다시" 시작되어야 함을 극명하게 인식케 하는 자리라 할 수 있다. 그리고 "여기까지 오는 동안"을 감사하게 하는 자리이기도 하다. 해서 삶의 의미보다 삶 자체를, 여행의 위치보다 여행 자체를 살아보는 '특이점'의 장소가 바로 그의 여행지이다. 화자는 이 시의 말미에 "카뮈여/ 두려운 것은 여행보다 먼 곳에 있다"라고 말한다. 이 구절이 지시하는 '먼 곳'은 어디일까?

3. 절벽에서 태어난 경계인(境界人)

방구석도 위험하고 수많은 여행지 또한 위험한 것이라는 인식을 놓고 볼 때 시인이 끊임없이 '다른 사람의 걸음'으로 만 리를 떠도는 근원적 이유에 대해 생각할 필요를 느끼게 된다. 이명수 시인의 화자는 석가모니의 제자 아난다를 만나러 미얀마로, 아름다운 요정의 굴뚝(우뚝 솟은 기암들의 별칭)이 있는 터키의 카파도키아와 이스탄불의 블루모스크로, 스페인의 론다와 성지 몬세라트로, 그리스로, 가슴에 구멍이 뚫린 사람들이 산다는 「산해경」의 관흉국으로, 세 살배기 쿠르디가 죽은 난민의 바다 에게해로, 그리고 폭설과 묵언의 공간 제주로 나간다. 시인은 시 「능소, 다음 이야기」에 "나간다는 것은 조금 죽는다는 것입니다"라고 고백한다. 나가는 것이 조금 죽는 것이라면 나가서 다른 사람의 걸음이 되는 것 또한 조금 죽는 것이다. 그런 의미에서 나가는 것과 조금 죽는 것은 자신의 현존의 중심축을 의도적으로 흔들어보는 것이라 할 수 있다. 일종의 자가 진단인 것이다. 그의 시에서 '나가다'라는 역동성의 비밀의 단초를 암시하는 것이 바로 '공(球)'의 상징이다.

> 참 기이한 일이다
> 테니스 라켓을 놓은 지 30년이 넘었는데,
> 공이 따라다닌다
>
> 내 몸속에는 비밀스런 방이 하나 있다
> 그 방은 나를 몸 밖으로 끌어내어
> 어디론가 데리고 다닌다
>
> ―「나를 불러내다」 부분

　아직은 오늘이다 오늘을 다 써버린 시간의 방엔 삼순이와 아내와 내가 누워있다 삼순이가 내 발치에서 꼼지락대다가 내 침대와 아내의 침대를 넘나드는 사이 온전한 내일이 오늘이 됐다 누군가 던진 공이 새벽으로 굴러와 새벽의 말이 된다 나는 자꾸만 깊은 의문부호 속으로 빨려 들어가 검은 방에서

또 다른 의미의 공을 만든다

—「새벽 건너기 연습」 부분

'공'은 한자리에 머물기 어려운 형상적 특질을 가진 물체이다. 그것은 살짝만 건드려도 굴러가려 한다. 그렇기 때문에 공은 붙잡기 어려운 '운동체'라 할 수 있다. 이 시집에 가끔 등장하는 '자전거'도 동일한 속성의 사물로 여겨진다. 언제든 움직일 준비가 되어 있는 원형의 사물들은 언제든 '다른 사람의 걸음'이 되고자 하는 시인의 내성과 유비관계를 이룬다. 그것을 시인은 "테니스 라켓을 놓은 지 30년이 넘었는데,/ 공이 따라다닌다"라고 말한다. 테니스 공이 네트를 넘어오면 받아쳐야 한다. 받아치는 순간 정지해 있던 몸의 근육은 공을 넘기기 위해 움직이기 시작한다. '나'의 움직임을 끌어내 공을 다시 넘겨야 하는 것이다. 이러한 진자운동은 "'결코 다시는'이 아니라 '다시 또다시'를 되뇌이며"(「위험하다, 위험하지 않다」)를 상기시킨다. 계속해서 상대편으로부터 날아오는 공의 공격은 또다시 '나'의 동력을 끌어내는 매개인 것이다. 시 「새벽 건너기 연습」의 "누군가 던진 공이 새벽으로 굴러와 새벽의 말이 된다 나는 자꾸만 깊은 의문부호 속으로 빨려 들어가 검은 방에서 또 다른 의미의 공을 만든다"라는 구절은 공의 상징성이 지닌 의미를 보다 명료하게 지시한다. 그것은 새벽에 '나'의 의식으로 굴러 떨어진 말이며 의문부호이다. 말하자면 화두이며 숙제인 것이다. 이 의문의 숙제를 안고 있는 내면을 시인은 '비밀스러운 방' 혹은 '검은 방'으로 구체화한다. 그 방은 여기에 인용하지 않았지만, 시 「새벽 건너기 연습」의 다른 부분에서 '놀라운 것들의 방', '비밀을 숨겨둘

방', 신의 말이 쏟아져 내리는 '공중'의 방으로 변이된다. 이러한 내면을 이명수 시인은 다른 시에서 다음과 같이 고백한다.

> 딸은 아직 미완이라며
> 조만간 마무리하겠다고 하나
> 떨떠름한 눈빛과
> 그로테스크한 표정은 어쩔 수가 없다
> 숨길 수 없는 숨은 神이 몸속 어딘가 숨어 있다
>
> 내 초상은 未生이다, 숙제다
> 살아 있는 동안 내 인생이 未完이기 때문이다
> 나는 평생을 걸려 그것을 끄집어내야 한다
> 그것이 정말 나인 듯
> 꺼내 놓고 들어가야 한다
>
> ―「초상화」 부분

　　딸이 미완의 상태로 보여준 초상화에는 "떨떠름한 눈빛과/ 그로테스크한 표정"이 담겨있다. 표면에 드러난 떨떠름함과 그로테스크함은 "숨길 수 없는 숨은 神" 때문이다. 숨겨야 하는 것이 드러나 있음을 가족들은 몰라도 화자 자신은 알고 있는 것이다. 의문부호로 굴러 떨어진 화두를 간직한 내면의 방에 비밀로 간직된 것이 바로 '숨은 神'이라면 화자의 의문부호는 곧 '숨은 神'과 동일한 의미를 갖는다. 여기서 나는 한 개의 테니스공이 어떻게 시인의 의식 속에서 다양한 이미지의 변용으로 진화하는지를 목격하게 된다. '테

니스공→새벽의 말→의문부호→숙제→숨은 神'으로 의미의 복합
적 결이 중층화되는 과정을 통해 시인은 자신의 내면이 지닌 고유
한 고뇌를 입방체로 만드는 것이다. 그의 '비밀스러운 방'에 거주하
는 의문의 존재, 즉 숨은 神의 정체를 좇는 과정이 바로 그의 만 리
의 여정이라 할 수 있다. 이는 "평생을 걸려 그것을 끄집어내야"할
미완의 숙제이기도 하다. 또 다른 시에 "내 몸 안에서 나를 기다리
는/맨발의 아난다여"(「行萬里路」)라는 구절도 이와 동일한 상상력
의 소산이라 할 수 있다. 시인은 이러한 과정을 시 「론다는 절벽을
낳고」에 등장하는 두 개의 방을 통해 종합적으로 드러낸다.

　　　　론다를 보러 갔다
　　　　협곡 사이 절벽에는 두 개의 방이 있다
　　　　수상한 나무 두 그루 서로의 절벽을
　　　　움켜잡고
　　　　긴팔원숭이가 이쪽저쪽을 넘나들고 있다

　　　　절벽감옥이라 했다
　　　　어느 고독한 혁명가의 집이었는지
　　　　절벽 계단을 타고 100미터를 내려갔다
　　　　감옥에서 감옥으로 통하는 절벽
　　　　또 하나의 방이 있다
　　　　낯선 수행자의 토굴이었기 때문에
　　　　누구도 눈치 채지 못했다

절벽에는 절벽이 산다
절벽감옥이다
절벽수도원이다

며칠째 절벽에서 뛰어내리는 꿈을 꾸었다
어둠 속으로 따라 들어가는 가느다란
줄 한 가닥 잡고
밤새 감옥과 수도원을 오가며
절벽을 지우고
돌 속에 갇힌 나를 꺼냈다

론다는 어느 여자의 이름이었을까
론다와 절벽 사이에
지금도 아이가 태어난다

—「론다는 절벽을 낳고」 전문

　　스페인의 남부 도시 론다는 누에보 다리와 절벽의 풍광이 멋지게 자리 잡고 있는 관광 명소 가운데 하나이다. 나는 론다를 가본 경험이 없지만 시각 매체를 통해 여러 번 본 적이 있다. 지금은 내가 본 론다의 영상과 이미지를 지우려 애쓴다. 론다의 실제 이미지가 시의 언어적 내밀성과 몽상을 방해하기 때문이다. 중요한 것은 론다의 객관적 풍경이 아니라 시인의 언어가 어디에 집중되어 있는가에 있다. 시인이 주목한 것은 협곡 사이 절벽에 세워진 두 개의 방이다. 우선 두 개의 방 주변을 보면, 거기에는 "수상한 나무 두 그루 서로의 절벽을/움켜잡고/긴팔원숭이가 이쪽저쪽을 넘나들고 있다". 이 구절에서 눈길을 끄는 것은 '수상한'이라는 형용사이다. 절벽을 '움켜잡고' 있는 나무의 모습은 절벽을 살아낸, 절벽을 수호하는 문지기 혹은 수호신처럼 보인다. 나는 이 두 그루의 나무로부터 우리의 사찰 입구에 세워진 사천왕문을 떠올려 본다. 두 개의 방은 이 두 그루의 나무와 대응한다. 시인은 론다의 수직 절벽에 있는 두 개의 방의 신성함을 강화하기 위해 '수상한'이라는 형용사를 사용한 것이 아닐까?

   그렇다면 두 개의 방의 구조는 어떠한가? 하나는 고독한 혁명가의 집으로 추정되는 절벽감옥이고 하나는 낯선 수행자의 토굴이다. 이 두 개의 방은 수직의 공간에 자리 잡고 있으며 절벽 계단을 타고 100미터를 내려가야 겨우 만날 수 있는 험지에 지어져 있다. 특히 수행자의 토굴은 비밀스럽게 감추어져 있다는 점에서 특별한 장소성을 갖는다. 이러한 두 개의 방의 구조화는 일반인의 출입을 차단 혹은 거절한다는 의미를 가진다. 그곳은 한 덩어리의 '절벽'인 것이다. "절벽에는 절벽이 산다"라는 구절은 그런 의미에서 다의적이다. 절벽은 그 수직성 때문에 범접하기 어려운 공간이면서 동시에 오름과 내림이라는 위태로운 운동성을 요구하는 공간이다. 거기에 거주하는 혁명가와 수행자는 이러한 '절벽'의 성향과 닮은 자들이다. 그들은 절벽감옥에서 위태로움을 견디며 보다 위대한 삶을 꿈꾸는 '수직적 인간'인 것이다.

   그러나 '감옥'은 가둠의 공간이다. 파옥(破獄)을 해야 혁명가와 수행자의 변혁 혹은 존재 전환이 완성될 것이다. 또 다른 시 「어두운 사람」에 보이는 "오름의 정점이 내림의 시작이란 것이/ 정신적이다"라는 고백은 이러한 시인의 의식과 무관하지 않은 것으로 읽힌다. 여기서 우리는 앞서 잠시 등장한 '숨은 神'을 떠올릴 필요가 있을 듯하다. 비밀스러운 절벽의 감옥에 갇혀 있던 혁명가와 수행자는 시 「초상화」에 등장하는 화자의 내면에 숨겨져 있는 숨은 神과 동일성을 형성한다. 이들은 각각 감옥과 내면에 숨겨진 채 의문부호를 풀어가며 무언가를 꿈꾸는 존재들이라는 점에서 공통적이다. 따라서 수직 절벽은 넘어서야 할 의문부호이며 파옥은 그 의문부호를 '끄집어내'는 행위라 할 수 있다. 화자는 론다의 공간에서 절벽을 뛰어내리는 꿈을 반복해서 꾼다. 일종의 파옥에 대한 무의식적 갈망이라 할 수 있다. 이는 또한 '나간다'는 것, "조금 죽는 다는 것"(「능소, 다음 이야기」), 그리고 다른 사람의 걸음으로 걷는 일의 실천이라 할 수 있다. 그리고 드디어 "절벽을 지우고/돌 속에 갇힌 나를 꺼냈다"고 화자는 고백한다. "지금도 아이가 태어난다"는 이 시의 마지막 구절은 바로 새로운 존재가 탄생하는 순간을 의미한다. 다른 시 「몬세라트 가는 길」의 "절벽은 우리 몸의 어디에나 있다"라는 구절은 고귀한 신성에 이르고자 하는 자가 지닌 의문부호 즉 숨은 神을 암시한다. 이 시에도 절벽을 '하강'하는 모티브가 반복된다. "시간이 없는 짐승의 각질을 벗고 하강한다// 살아있는 날들이 있어 수행이고 순례다"라고 화자는 고백한다. 이 구절에는 시간의 유한성을 강렬하게 인식한 인간존재의 궁극적 쓸쓸함이 내포되어 있다.

시간의 유한성은 인간존재가 안고 있는 가장 본질적 한계이다. 그렇기 때문에 오히려 신성에 닿고자 하는 그의 염원을 가로막지 못 한다. 신성함과의 접촉은 돌(절벽) 속에 갇힌 존재를 '꺼내다'라는 동사가 암시하듯이 '들어가다'와도 관련한다. 시 「맹글라바 쉐다곤」의 화자는 "내 몸속을 수만 걸음 걸어/일주일 만에 여기까지" 왔다고 말한다. 그가 걸어 온 수많은 길은 다름 아닌 자신의 '몸속'인 것이다. 그 몸속엔 늘 '숨은 神'이 살아있다. 그의 숨은 神은 '꺼냄'과 '들어감'을 반복한다. 같은 시의 화자는 "아이들은 따나카 분칠을 하고/쉐다곤 부처는 황금 세례를 받고/나는 내 몸속으로 들어갔습니다"라고 말한다. 여기서의 '들어감'은 시의 전체 맥락을 볼 때 뜨거운 발바닥을 견뎌낸 자의 편안한 안식으로 읽힌다. 또 다른 시 「行萬里路」의 "내 몸 안에서 나를 기다리는/맨발의 아난다여//만 리를 걸어서 내게 다시 왔다" 또한 이와 상통한다. 이를 종합하면, '꺼내다'와 '들어가다'를 반복하며 시인이 신성함을 내면화하려고 애쓴다는 사실을 알 수 있다. 예를 들어 시 「오늘의 십 년」에 보이는 "따뜻한 얼음 속에 내 사진이 춥게/박혀있다"는 의문부호가 풀리지 않는 '어둠의 방'을 연상시키는 감옥의 이미지 즉 '갇힘'을, 시 「신구간(新舊間)」의 "神과 임무교대를 하고/가볍게 내 자리로 돌아갈 것이다"는 '꺼냄'을 암시한다. 이러한 진자운동은 미완으로서의 자아가 자신의 실존을 실천하는 하나의 수행방식이라 할 수 있다. 시인은 자신으로부터 탈출하여 다시 자신의 몸속으로 돌아간다. 그것은 동일한 반복처럼 보이지만 신성함을 탈환하고자 하는 필사의 노력이라는 점에서 관성운동과는 다르다. 시 「신구간(新舊間)」의 화자는 "나는 경계인(境界人)이다"라고 자신을 규정한다. 지금까지 살펴본 이명수 시인이 지향하는 의식의 운동성을 볼 때 이러한 자기규정은 진실이다. 그는 '꺼내다'와 '들어가다'를 반복하면서 일상과 신성 사이를 오가는 경계인이다. 그가 접촉하는 신성의 세계는 자기의 본질을 찾아가는 만 리의 여정에 의해 이루어진다. 그 떠남은 돌아옴과 맞물려 있다. 경계의 넘나듦을 통해 그는 자신이 신성을 간직할 수 있는 '인간'임을 거듭 확인하는 것이다. 그러니 그는 분명 경계인인 것이다. 중요한 것은 이러한 사유의 운동성에 생생한 '몸'이 동반된다는 점이다. 그의 몸은 경험과 사유를 동시에 묶어 지각하는 총체성으로서의 몸이라 할 수 있다. 그의 시가 지닌 형이상학적 특질이 관념으로 치닫지 않는 이유가 바로 여기에 있다.

4. 지워지는 시간과 지워야할 존재에 대한 장례의식

생생한 '몸'의 존재를 의식한다는 것은 '시간'이라는 문제를 벗어날 수 없음을 뜻하는 것이기도 하다. 여기서 시 「몬세라트 가는 길」에 보이는 "시간이 없는 짐승의 각질을 벗고 하강한다//살아있는 날들이 있어 수행이고 순례다"라고 했던 화자의 고백에 담긴 절박함을 상기할 필요가 있을 듯하다. 시인은 시 「내 자전거사史」에 "누구나 내려가는 데 더 버거운 날이 온다"라고 쓰고 있다. 이 한 구절에는 실존의 고뇌가 함의되어 있다. 시간은 언젠가 수행도 순례도 끝나게 할 것이다. 그것은 어느 누구도 비껴갈 수 없는 존재의 비극이다. 하지만 이 비극이 역설적이게도 수행과 순례를 가능케 하는 동력이기도 하다. 영원한 몸을 가진 자에게 수행과 순례가 무슨 필요가 있겠는가. 이명수 시인의 『카뮈에게』에 실린 시편에서 시간에 대한 성찰을 수 없이 발견하게 되는 것은 당연한 것인지도 모른다. 그는 무엇보다 '오늘' 혹은 '순간'이라는 시간성의 깊이와 가치를 자주 헤아린다. 「나는 놀고 있다」, 「어제를 두리번거리다」,

「새벽 건너기 연습」, 「12초 동안」, 「위험하다, 책」, 「내 자전거사史」, 「생일」, 「오늘의 십 년」, 「환승역에서」, 「우리 동네」, 「문들, 가을」, 「오늘은 선물입니다」 등이 모두 시간인식과 관련된 예이다.

　　　　몇 줄 글을 읽고 있는 12초 동안
　　　　사람 40명과 개미 7억 마리가
　　　　지구에서 태어나고

　　　　내가 한 줄 시에 매달려 있는 12초 동안
　　　　30명의 사람과 5억 마리의 개미가
　　　　지구에서 사라진다

　　　　부화장 컨베이어벨트에서 걸러지고
　　　　가스실에서 질식한 다음
　　　　자동절단기 속으로 떨어지는 12초 동안

　　　　개미와 병아리와 몇몇 글이
　　　　다음 컨베이어벨트에서 돌아가고 있는 12초
　　　　지구 한 모퉁이에서 한 줄 시가
　　　　잠깐 스쳐 지나간다

　　　　개미와 병아리와 사람이
　　　　살고 있는 곳에서
　　　　아무것도 없는 것에 대하여

썼다 지운다

—「12초 동안」 전문

  물리적인 시간으로 12초 동안 우리는 무엇을 할 수 있을까? 우리는 초 단위의 가치를 깊게 헤아리지 않는다. 너무나 순간적으로 지나가기 때문이다. 시간의식을 드러낸 이명수 시인의 많은 시편 가운데 이 작품을 인용한 것은 그의 실존의식의 절박함이 '12초'라는 상징성에 의해 더욱 뚜렷하게 드러나기 때문이다. 12초는 겨우 몇 줄의 글을 읽는 시간에 불과하지만 그 시간은 "사람 40명과 개미 7억 마리가" 태어나고 "30명의 사람과 5억 마리의 개미가" 사라지는 시간이다. 말하자면 이 짧은 시간은 지구에서 생멸(生滅)의 드라마가 펼쳐지는 순간이라 할 수 있다. 이 불가항력적인 생멸의 드라마가 지닌 힘을 화자는 '컨베이어벨트'로 함축한다. 생명을 가진 모든 존재는 '컨베이어벨트'의 흐름을 벗어날 수 없다. 이것이 시인이 인식한 실존성이다. "지구 한 모퉁이에서 한 줄 시가/잠깐 스쳐 지나간다"는 구절에는 영원성을 움켜쥘 수 없는 존재의 비애가 내포되어 있다. 마지막 연에 보이는 "살고 있는 곳"과 "아무것도 없는 것"의 의미론적 충돌은 모든 살아있음이 '없음'으로 돌아갈 수밖에 없다는 인식을 드러낸 것이다. 이때 가장 중요한 것은 '지운다'라는 화자의 자발적 행위이다. "아무것도 없는 것에 대하여" 쓴다는 것은 '없음'에 대한 강렬한 인식을 드러내는 것이며 동시에 그것을 지운다는 것은 '없음'을 '없음'으로 되돌려 놓는 것을 의미한다. 다른 시에 보이는 "온종일 마이너스 플러스와 실랑이를 했다 결국 마이너스 쪽이 플러스 쪽의 두 배가 넘는다"(「마이너스, 플러스」)는 셈법 또한 이러한 시간의식과 무관하지 않다. 이와 같은 실존의식은 허무와 공허의 감정을 동반할 수밖에 없다. 나를 감동시킨 것은 이와 같은 실존의식보다 '지우다'라는 행위가 어떻게 구체적으로 실현되는가를 보았을 때이다.

> 필카에서 디카까지 참 멀리도 왔다
> 사진은 시간의 모래 폭풍을 몰고 와
> 석회암 협곡에 모래알처럼 쌓였다
> 흐린 눈으로 가뭇가뭇 더듬어
> 남겨 둘 사람과 버릴 사람을
> 갈라놓는 일은 가혹하다
>
> 바오밥나무 옆 흰 개미탑으로 서 있는
> 저 사람은 이름을 잊었다
> 버린다
> 바닷가 깃발 앞에 머플러 펄럭이며
> 내 팔을 감싸 안은 여인은
> 독일 간호원으로 갔으니 잘 살겠지
> 잔지바르 노예시장 기념탑처럼 서 있는
> 이 여인은 수녀가 되었으니 모셔 두자
>
> 버릴 때는 형체를 못 알아보게 찢는 게 예의
> 얼굴은 세로로, 목은 가로로, 몸은 횡경막을 중심으로 가른 후
> 마대 자루에 차곡차곡 넣어

26억 년 산화한 붉은 지층 아래 문자
벙글벙글 글레인지 원주민이
돌에 그린 무지개뱀이 되겠지
아니면 남태평양 파푸아뉴기니아 바닷속
물결무늬 화석으로 잠겨 있겠지

그때 나는 목에 무선송신기를 단 늙은 수사자처럼
절룩이며 사막을 건너겠지
사막이 되겠지

ー「가혹한 사진」 전문

    위에 인용한 「가혹한 사진」은 '지우다'의 의미를 구체적으로 드러낸 작품이다. 그 행위는 과거에 찍었던 사진을 정리하는 작업을 통해 형상화된다. 사진은 생의 어느 한순간을 포착해두었던 시간과 추억의 기록이라 할 수 있다. 이 순간을 포착하는 데 소용되는 시간 또한 '12초'면 충분할 것이다. 이제 시인은 '12초'로 누적되었던 순간들을 정리하고 있는 것이다. 나를 감동시킨 것은 사진을 정리하는 그의 손길이 너무나 인간적인 예의를 갖추고 있기 때문이다. 화자는 "남겨 둘 사람과 버릴 사람을/ 갈라놓는 일은 가혹하다"라고 말한다. 사진을 정리하며 그는 남길 것과 버릴 것 사이에서 '가혹함'을 감당하고 있다. 그래서 그의 정리의 손길이 더욱 신성하게 느껴진다. 화자는 사진 속 인물들을 보며 기억과 망각 사이를 오간다. 그러면서 버릴 것과 모셔 둘 것을 분류한다. 이러한 과정 가운데 인간에 대한 예의를 가장 잘 드러낸 부분은 3연이라 할 수 있다.

"버릴 때는 형체를 못 알아보게 찢는 게 예의"라고 언명함과 동시에 그는 '가혹'이라는 행위를 "얼굴은 세로로, 목은 가로로, 몸은 횡경막을 중심으로 가른 후/ 마대 자루에 차곡차곡 넣어/ 26억 년 산화한 붉은 지층 아래 묻자"라고 구체적으로 서술한다. 이 가혹한 행위는 조장(鳥葬)과 매장의 풍습이 뒤섞인 의례의 한 장면으로 볼 수 있다. 사진의 형체를 알아보지 못하게 찢어 분말화하는 행위는 그것을 '사막'으로 돌려보내는 것과 다름없다. 이는 자신 또한 '사막'이 된다는 사실을 아는 자가 행하는 '시간'에 대한 장례인 것이다. 이 가혹한 정리 작업에는 가혹을 넘어서는 슬픔과 인간에 대한 지극한 정성이 내포되어 있다. 이러한 의례는 시「위험하다, 책」에 보이는 "날 잡아 책을 버리기로 했다/쌓이는 문예지와 시집들을 골라 8할은 버렸다/정성껏 서명한 이름도/미안하지만 떼어내 화장을 해야겠지"라는 구절에도 나타난다. 시집의 서명된 페이지를 떼어내어 '화장'을 해야겠다는 화자의 태도는 그가 다른 사람의 시집과 그들의 이름을 얼마나 소중히 여기는가를 확연하게 보여준다. 이 또한 이명수 시인의 독특한 장례법이라 할 수 있다. 이명수 시인이 강조하는 "인간이 되어가는 일"(「할 수 있는」)의 실천이 바로 이런 것이라 할 수 있다.

　나는 이명수 시인의 시집 『카뮈에게』를 읽으며 그의 시세계를 구도행 혹은 수도행으로 규정하는 것을 최대한 자제하며 이 글을 썼다. 이유는 이러한 어휘들이 그의 시편에 담긴 고뇌와 그 고뇌를 드러내기 위한 내밀한 맥락들, 행간 사이에 놓인 여백의 풍부함을 피상화 내지는 추상화로 몰고 갈 위험이 있기 때문이다. 나의 해설이 길어진 이유는 바로 이 때문이다. 시집을 통해 그가 보여준 경험과 상상력의 그물망은 구도행이나 수도행 이상의 복잡한 인간상을 입체화한다. 그의 '숨은 神'은 신성에 닿고자 하는 실존인으로서의 고뇌를 다각적인 측면에서 담지한 인격적 몸이다. 나는 이러한 그의 몸의 여정을 읽으며 '탈신성'이라는 말을 역으로 자꾸 떠올리곤 했다. 이 시대의 수많은 담론이 무반성적으로, 무차별적으로, 둔감하게 '탈신성'이라는 단어를 사용하고 있지 않은가. 그것이 몰고 올 고귀함의 상실, 존엄성의 와해를 과연 우리는 얼마나 두렵게 받아들이고 있는가 묻게 된다.

시로여는세상 기획시선 014

카뮈에게

ⓒ2018 이명수

펴낸날	2019년 1월 10일
지은이	이명수
펴낸이	김병옥

펴낸곳	시로여는세상
등록일	2001년 12월 7일
등록번호	성북 바 00026호
주소	02875 서울시 성북구 보문로 29다길31, 114-903
편집실	03157 서울시 종로구 종로 19(르메이에르 종로타운) B동 723호
전화	02)394-3999
이메일	2002poem@hanmail.net
블로그	http//blog.daum.net/2002poem

편집 미술	김연숙
제작 공급	토담미디어 02)2271-3335

ISBN 979-89-93541-56-4

이명수

1975년 월간시지 〈심상〉으로 등단
시집 『공한지』『울기 좋은 곳을 안다』『바람코지에 두고 간다』외
시선집 『백수광인에게 길을 묻다』
한국시인협회상 수상